PETIT

RECUEIL

DE FABLES

PAR

M. FRÉDÉRIC JACQUÏER

———◦◦◦◦◦◦◦———

BLOIS

IMPRIMERIE E. DEZAIRS

1850

A Messieurs les Membres du Conseil Supérieur
de l'Instruction Publique.

MESSIEURS,

J'ai livré à la publicité, dans le cours de l'année 1841, un modeste recueil de fables dont madame la duchesse d'Orléans avait daigné accepter la dédicace pour le comte de Paris, et qui m'a valu de sa part une approbation aussi bienveillante que flatteuse, car elle m'avait promis de mettre mon recueil entre les mains du noble enfant, lorsque commencerait son éducation (1).

Ce recueil a été admis dans les bibliothèques de l'Etat et de l'Académie française; il a été donné en prix dans un assez grand nombre de colléges et d'écoles primaires supérieures.

Plusieurs de mes fables ont été reproduites dans des livres de morale à l'usage des pensionnats de jeunes demoiselles.

Enfin, presque tous les grands journaux de la capitale et de divers départements en ont rendu un compte fort élogieux, entièrement désintéressé et exempt de tout esprit de camaraderie.....(2)

Je viens de faire un choix de mes meilleures fables, tant parmi celles de mon ancien recueil (édition de 1841) que parmi celles que j'ai publiées depuis, dans plusieurs grands journaux littéraires.

Ce choix se compose de quarante fables que j'ai retouchées et châtiées, suivant le précepte de Boileau :

. . . .
Ajoutez quelquefois, et souvent effacez...

_____

(1) L'auteur rappelle ici ce fait, qui touche essentiellement à la question de la valeur littéraire et morale de son livre, parce qu'il croit y voir un titre de plus à la sérieuse appréciation du conseil supérieur.

L'article du *Journal des Débats*, relaté à la fin de ce recueil, mentionnant la dédicace portée en tête de l'édition de 1841, l'auteur s'est cru dispensé de la reproduire à titre de pièce justificative.

(2) Voir la pièce justificative.

ayant eu soin d'éliminer tout ce qui ne m'a pas semblé unir, au même degré, le mérite obligé de la forme à la pureté de l'enseignement moral.

Ces corrections faites, j'adressai mon livre, le 14 avril dernier, à monsieur le Ministre de l'instruction publique, en sa qualité de président, avec prière de le soumettre au conseil supérieur aussitôt sa formation, en demandant qu'il fût adopté comme livre classique pour les lycées et colléges communaux de la République, les institutions libres, pensionnats et écoles des deux sexes.

J'ai fait faire ensuite, conformément à la recommandation de M. le Ministre (réponse du 30 avril), cette *édition spéciale* dont il a été tiré un assez grand nombre d'exemplaires, afin que chacun de mes juges puisse porter sur mes fables un jugement direct et tout spontané.

Je n'ai point ici la présomption de poser une concurrence ; je n'ai eu qu'un seul but, celui de remplir une lacune signalée depuis longtemps. L'inimitable perfection des fables de La Fontaine est reconnue de tout le monde ; mais les critiques les plus compétents s'accordent aussi généralement à dire que la profondeur du grand fabuliste en fait bien plutôt le conseiller de l'homme mûr que celui du premier âge.

S'il ne m'est pas permis, Messieurs, de solliciter votre indulgence en faveur de ces fables, les juges rendant, non des services, mais des arrêts, je puis du moins appeler sur elles toute votre bienveillante attention, avec d'autant plus d'insistance que le jugement que vous allez prononcer doit être un de vos premiers actes de souveraineté littéraire et de haute juridiction en matière d'enseignement et d'éducation publique.

Veuillez agréer l'hommage du profond respect avec lequel j'ai l'honneur d'être,

Messsieurs,

Votre très humble et très obéissant serviteur,

Frédéric Jacquier.

PETIT RECUEIL

DE FABLES.

Le Mourant, la Mort et la Religion.

Un mourant se ratatinait,
Se regimbait, se rebiffait,
Se révoltait, se débattait,
Et se crispait de belle sorte
En voyant la mort à sa porte.
Cet homme était un grand pécheur,
Ayant la conscience et l'âme bourrelées.
Ce n'était pas un brigand, un voleur :
C'était un ancien procureur.
Il avait exercé près de quarante années !...
La Mort, qui ricanait en l'entendant crier,
Met son pied droit sur un vieux sablier ;
Puis, regardant le moribond en face,
Elle tire la langue et lui fait la grimace,
En lui disant : Aux temps qui ne sont plus,
Nous avions, m'a-t-on dit, les doigts un peu crochus,
Et nous avons fait nos fredaines,
Au lieu de faire des neuvaines.

1

Tu me parais très marri de partir,
    Il te faut pourtant déguerpir :
Le proverbe le dit : Il faut en cette vie
        Avoir de la philosophie ;
        Il faut se faire une raison.
Je veux te régaler d'un morceau de musique :
        Tu l'aimes avec passion.
C'est un morceau nouveau, riche, admirable, unique ;
        C'est un morceau de ma façon.
Elle tire à ces mots quelque chose de long :
        C'était un mauvais violon ;
        Et voilà l'horrible Camarde,
        L'abominable goguenarde,
        Lui râclant des airs discordants.
        Le moribond grinçait des dents ;
        Sa poitrine était haletante.
Soudain à son chevet vint la Religion,
    En robe blanche et pleine d'onction,
Pieuse, charitable, affable et consolante.
        La Mort, qui ne l'attendait pas,
S'inclina par respect, recula de trois pas.
« Mon fils, il ne faut point que la mort t'épouvante ;
        Ne crains rien ; penche-toi
            Vers moi.
    En Dieu, cher fils, place ta confiance ;
        Sa miséricorde est immense !... »
    Le moribond se jeta dans ses bras,
    Et quand la Mort, revenant sur ses pas,
        Voulut s'approcher de sa proie,
Goguenarde toujours, et semblant épier

Les derniers grains de sable épars au sablier,
Calme, le moribond l'attendait avec joie.

La Conversion du Loup.

En fouillant dans son cœur et dans sa conscience ,
Un vieux Loup y trouva tant d'horribles forfaits,
Qu'il voulut, par le jeûne et par la pénitence,
    Racheter tous ses vieux méfaits.
« Je veux, dit l'animal goutteux et cacochyme,
A commencer du jour de la Quadragésime ,
    Forcer mon naturel glouton
    A ne plus manger de mouton ;
    Passer mes nuits dans la prière,
    Observer tous les Quatre-Temps. »
Il mena tout d'abord une vie exemplaire ;
Mais voilà, par malheur, qu'au bout de quelque temps
L'animal avisa, jouant dans la prairie,
Une jeune brebis, bien grasse, bien nourrie.
Elle était destinée à la table d'un dieu !
« Hum ! se dit l'animal, si je n'avais fait vœu
      De pénitence
      Et d'abstinence...
    Fi ! chassons ce mauvais désir.
Cependant, à la voir si fraîche et rondelette,
    Si rebondie et grassouillette,
    Je me figure le plaisir...

Fi!... les délices!... fi!... fi!... plutôt que j'assume
Sur ma tête... Une fois, dit-on, n'est pas coutume ;
Oui, cette fois encor, cette fois seulement!
Je jure à l'avenir de vivre saintement,
 De me comporter comme un ange. »
Cela dit, maître Loup et la tue et la mange.
  Ceci s'adresse à bien des gens.
   Très souvent voilà comme
Ils jurent de dompter tous leurs mauvais penchants
  Et de dépouiller le vieil homme.
La moindre occasion leur fait oublier tout :
  C'est la conversion du Loup.

Dom Gille et Dom Bertrand.

Dom Gille, franc ivrogne et de mœurs dissolues,
Pilier de cabarets, de tous les mauvais lieux,
N'ayant ni foi, ni loi, sans respect pour les dieux,
Se faisait ramasser chaque jour dans les rues ;
  De plus, brutal époux,
  Il assommait de coups
   La faible échine
   De Jacqueline,
   Qui filait doux,
   Toute chagrine.
Je dois faire observer qu'un singe déjà grand,
  Lequel se nommait Dom Bertrand,

Était né de ce mariage.
Souvent, tout aviné, Dom Gille à son garçon
Faisait de la morale avec un beau sermon.
    « Mon ami, soyez sage ;
Fils, envers votre père, ainsi qu'envers les dieux,
   Soyez soumis, soyez respectueux.
La vertu, c'est, mon fils, une si belle chose !
       Puis un hoquet
       Interrompait
Ce discours magnifique, et la farce était close.
Bertrand prit son exemple et laissa ses discours ;
Il devint débauché, s'enivra tous les jours,
Commit quelque forfait ; une juste sentence
    Hissa le drôle à la potence.
   « Hélas ! que mon sort est affreux,
      Disait le père
      Tout en colère ;
Ah ! le gredin, le malheureux !
— Voisin, dit un passant, laisse là ce langage :
    Cette potence est ton ouvrage. »

Le Maître et les Écoliers.

« Si j'avais, comme toi, cent mille écus de rentes,
Autant à revenir d'un oncle et de deux tantes,
 Victor, de travailler je me garderais bien. »
    Ainsi parlait un lycéen.

Son maître l'entendant, il suspendit la classe.
« Donneur d'avis, dit-il, écoutez-moi, de grâce.
 Un écolier d'un très haut rang,
 Un écolier prince du sang,
 Voilà de ça, messieurs, la soixantaine
 A peine,
 Un écolier, pour revenus,
 Avait, non pas cent mille écus,
Mais plusieurs millions, une fortune immense ;
Il fut forcé de fuir et de quitter la France,
 Dépouillé de son bien,
 Pauvre, ne possédant plus rien.
Je me trompe, il avait encore une richesse,
Des trésors qu'on retrouve, amis, dans la détresse
Et dans l'adversité. Vous pouvez, mes enfants,
Vous pouvez, comme lui, les puiser sur ces bancs.
Le prince, professeur sur la terre étrangère,
Sut par ses talents seuls éviter la misère.
 Victor, travaillez, croyez-moi :
 Ce professeur fut votre roi. »

Le Loup, le Renard et le Louveteau.

 Ayant mis ordre à ses affaires,
 Par-devant maître Léopard
 Et maître Singe, ses notaires,
Un Loup qui se mourait fit mander le Renard.

Renard étant venu, Loup lui tint ce langage :
« Je vais, mon vieil ami, faire le grand voyage,
M'en aller *ad patres* et voir les sombres bords ;
Autrement dit, mon vieux, descendre chez les morts.
Viens... allonge la patte... encor... que je la serre !...
A mon cher petit-fils tu servis de parrain ;
Promets, après ma mort, de lui servir de père,
  D'avoir pitié de l'orphelin !
Je m'en irai content, sans regrets, sans alarmes. »
Maître Renard promit, en fondant tout en larmes,
  D'avoir bien soin de son filleul.
Loup mort, on enterra le pauvre bisaïeul.
Laissons là le défunt. Fidèle à sa promesse,
  Renard entoura le berceau
    Du Louveteau
  De vigilance et de tendresse ;
De son fils adoptif guidant les premiers pas,
   Il ne le quittait pas ;
Lui montrant chaque jour nouvelle fourberie
Pour pénétrer la nuit dans une bergerie,
Dans une basse-cour et dans un poulailler ;
Tous les petits secrets, les ruses du métier ;
Enfin, comme on soulève et l'on ouvre une porte.
Louveteau devint loup, et l'histoire rapporte
Qu'ennuyé des conseils et des sages leçons
De son pauvre tuteur, de lui, de ses sermons,
Il se dit un beau jour : « Je suis, parbleu ! bien bête
D'écouter ce vieillard ! mon tuteur perd la tête ;
Sa raison déménage, il n'a plus l'esprit sain,
Il tombe dans l'enfance : oui, le fait est certain.

Si je voulais le laisser faire,
On me verrait encor marcher à la lisière.
Tous ces vieillards sont fous, ma parole d'honneur !
Et le nôtre surtout est par trop radoteur
   Et d'une suffisance extrême.
Je suis assez savant pour me guider moi-même
   Sans le secours du vieux barbon ;
   Fuyons loin de cette maison. »
   Plus présomptueux que sage,
Loup fuit son bienfaiteur, se met seul en voyage,
Puis au bout de cent pas tombe en un traquenard ;
Il se débat en vain, pleure et pense au vieillard.
   Pauvre imprudent ! c'était trop tard.

Minette.

Les faits suivants ne sont point apocryphes.
   Minette ayant fait ses petits,
Les retourna, les compta sur ses griffes.
« Douze, dit-elle : un noir, sept rouges, quatre gris.
Bon ! cherchons à présent, cherchons une cachette
   Bien secrète. »
   L'échelle servant d'escalier,
   Elle les transporte au grenier,
   Y fait un trou dans la muraille,
   Trou qu'elle tapisse de paille,
   Y dépose ses nouveau-nés,

Puis les ayant encor comptés et retournés :
« Je crois bien qu'à présent je puis être tranquille :
Qui viendrait les chercher ici, dans cet asile,
  Mes pauvres petits, mes amours? »
  Cependant au bout de trois jours,
  Quatre au plus, voilà que Manette,
  Dans l'intérêt seul de Minette,
    Dans l'intérêt
    De son lait
(Manette c'est la cuisinière),
Leur fait prendre un bain de rivière.
Un seul, et c'était le plus beau,
Un seul n'est pas jeté dans l'eau.
Compte refait, la pauvre mère
Pleure, se plaint, se désespère,
Miaule, pousse de longs cris.
  « Qui donc m'a volé mes petits?
Manette?... non! Est-ce Fidèle?
Il ne monte pas à l'échelle.
Si cependant... Gare à ses yeux!
Gare à sa peau! » Le malheureux,
Cherchant un os, quelque pâture,
Vint à passer, par aventure,
Près de l'échelle ou l'escalier
Qui conduit Minette au grenier.
« C'est lui! » Minette, furieuse,
S'élance, ardente et courageuse,
Le griffe, et le griffe si bien,
Qu'elle éborgne le pauvre chien.
  J'ai voulu par cette fable

Prouver que l'innocent
Souvent
Est pris, puni pour le coupable,
Et qu'on ne doit jamais porter un jugement
Légèrement.

Le Pêcheur et le Brochet.

Un brave homme pêchait; hélas! petit poisson
Mordit, fut pris à l'hameçon.
Un Brochet, glouton personnage,
Gros seigneur, le happe au passage,
Et Brochet est pris à l'engin
Qui retenait pauvre fretin.
Voilà que dans l'air il voyage
Et qu'il retombe sur la plage.
Soudain Brochet de sautiller
Dans tous les sens, de frétiller
Sur le sable ou sur la prairie.
« O bon pêcheur! je vous en prie,
Dit-il, daignez, ô bon pêcheur!
Devenir mon libérateur;
Daignez me rendre à ma famille.
Las! j'allais marier ma fille;
Ayez pitié de mes enfants,
De leurs fils et leurs descendants,
De toute ma progéniture;

Bon pêcheur, je vous en conjure. »
A ce discours inattendu,
Le brave homme se sent ému ;
Et pour délivrer notre bête,
Il veut détacher l'hameçon,
Quand dans sa bouche il voit la tête ,
Les membres du petit poisson.
« Brochet, dit-il, mon bon apôtre ,
Vous me priez pour vos enfants ,
Et vous mangez celui d'un autre ;
Point de pitié pour les méchants ! »

Le Soulier et la Pantoufle.

Gentil Soulier
Sortait des mains de l'ouvrier,
Beau, bien fait, de forme charmante ,
Pour petit pied d'une élégante ,
Soulier de soie et de satin.
Il rencontre sur son chemin
Une Pantoufle tout usée.
« Te voilà, lui dit-il, vieille, bien rapiécée ;
A peine si tu peux marcher ;
Tu ferais mieux de te cacher,
De ne plus te montrer , ma chère. »
La Pantoufle lui dit sans se mettre en colère :
« Mon ami, souviens-toi

Que tu seras dans peu tout aussi laid que moi. »
Enfants, votre règne commence,
Votre règne aussi passera ;
Retenez bien cette sentence :
Respect au vieillard qui s'en va !

La Charité.

Sœur des anges, fille des cieux,
La Charité rencontre étendus sur la pierre
Deux malheureux,
Nus, glacés et touchant à leur heure dernière.
Le premier demandait
Assistance
A la Providence,
Et l'autre blasphémait
En accusant de ses misères
Son Créateur !
Dans l'homme qui priait et le blasphémateur
La Charité ne voit que deux hommes, deux frères,
Deux frères qu'elle peut disputer au tombeau,
Et leur partage son manteau.

Le Canard privé et le Canard sauvage.

Un canard privé barbotait,
    Se prélassait et frétillait
Sur le bord d'un étang, quand un canard sauvage,
Perçant les airs, s'abat sur le même rivage.
   Nos deux canards s'abordent poliment,
     En se faisant maint compliment
       Dans leur langage.
Les voilà tout d'abord s'enfonçant dans les joncs,
Et remontant le fleuve en faisant maints plongeons,
Côte à côte, en parlant et des dieux et des hommes,
De la perversité de tous tant que nous sommes,
      De la noirceur
      De notre cœur.
« Frère, ainsi s'exprima le canard domestique :
Nous étions trente au moins de notre république,
Qu'une poule ici près fit éclore en un jour.
Comment pourrais-je, ami, te peindre son amour?
Je crois encor la voir, pauvre mère poulette !
Comme elle se plaignait! qu'elle était inquiète
Lorsque tous ses petits, ses chers petits enfants,
Au sortir de la coque allèrent aux étangs,
Promener à loisir leur instinct aquatique !
Elle était sur le bord, près de nous, l'œil oblique,
Hasardant quelquefois une patte dans l'eau.
Frère, que notre sort était heureux et beau !
Le jour nous barbotions, car, dis-moi, mon cher hôte,
Que peut faire un canard, à moins qu'il ne barbote?

Quand le soleil, en se couchant,
Semblait dire aux canards d'aller en faire autant,
Alors une voix chère, une voix douce, amie,
Nous criait : Arrivez, petits, petits, petits.
Soudain, toute la troupe arrivait à ces cris,
Alerte et frétillant; puis une main chérie,
Nous le pensions, hélas! nous lançait de fort loin
Le blé noir, surnommé le blé de carabin.
Nous étions tous heureux autant que coq en pâte.
Ami, le croirais-tu? cette main scélérate,
Qui souvent même ici venait nous caresser,
N'avait qu'un but, celui de nous faire engraisser!.....
Dès que nous fûmes gras, nòtre état numérique
Décrut de jour en jour; et quand la république
Revenait, sur le soir, se coucher au castel,
Deux ou trois citoyens faisaient faute à l'appel.
Avec eux disparut notre mère si bonne.
Hier... rien que d'y songer, cher ami, je frissonne,
Hier, jour néfaste, hélas! et trois fois malheureux!
De huit que nous restions nous n'étions plus que deux!
Deuil dans la basse-cour, gala dans la famille!
Le bourgeois mariait et son fils et sa fille.
Il me vint dans l'esprit quelques vagues soupçons
Du déplorable sort de mes chers compagnons,
Lorsque le cuisinier, à la pâle figure,
Ému, deux coutelas pendus à sa ceinture,
Las! s'offrit à ma vue avec son bonnet blanc,
Et son blanc tablier tout maculé de sang!
Je frémis! Cependant, pour éclaircir mon doute,
De la cuisine, ami, je suis tout droit la route :

Je vais, cahin-caha, me blottir en un coin,
En retenant mon souffle et sans faire un koin koin.
J'allonge enfin le cou; tout tremblant je m'approche :
Que vois-je! trois canards qui tournaient à la broche;
Deux suspendus aux crocs entre quatre dindons,
L'autre à la casserole et cuit au jus d'oignons ;
A terre deux gros chats s'arrachant leurs entrailles !
Le corps de vilains chats pour tombe et funérailles !
Deux chats noirs! leur image en tous lieux me poursuit.
Ma voix s'éteint d'horreur, juge mon sort, j'ai dit.
— Frère, ainsi s'exprima maître Canard sauvage :
Cette scène d'horreur, de sang et de carnage,
Le récit éloquent, hélas! de tes malheurs,
Ont grossi, tu le vois, cet étang de mes pleurs !
Avoir des ailes, mais n'en pouvoir faire usage
　　　Pour fuir la mort ou l'esclavage !
Il nous faut convenir, entre nous, que les dieux,
Ce faisant, ont été fort peu judicieux
Et fort peu conséquents. Moi, quand je prends la peine
　　　De m'abattre en la plaine,
Pour ravager un champ, mon œil explorateur
Voit de loin l'ennemi, les ruses du chasseur,
Son long fusil rapide et prompt comme la foudre.
Je ne suis pas, c'est vrai, l'inventeur de la poudre,
Mais les dieux plus sensés m'ont donné l'odorat
Si tendre, si subtil, si bon, si délicat,
Si fin, que je la sens d'une lieue à la ronde,
Et que je fuis alors en moins d'une seconde. »
Sans doute qu'il était enrhumé du cerveau,
Car il ne sentit pas, quoique fort près de l'eau,

Un chasseur que masquait une épaisse bruyère.
Bon viseur, il avait fort bonne canardière.
Il se montre : soudain Canard s'envole et part.
      C'était trop tard !
Pauvre Canard, hélas ! vous fait la cabriole,
      Et dégringole.
Il dit en expirant : « Je vois bien qu'ici-bas,
      Hélas !
    Toutes les bêtes sont mortelles,
Et qu'il ne sert de rien à quelques-unes d'elles
     D'avoir des ailes ! »

L'Éléphant et ses Enfants.

Malade et pensant bien ne pas en revenir,
    Un Eléphant près de lui fit venir
    Ses quatre enfants et leur fit le partage,
Devant maître Renard, notaire du village,
     De ses biens sous condition
     D'une modeste pension,
     Avec hypothèque pour gage.
La mort n'en voulut pas pour l'instant ; ses enfants,
     Donataires reconnaissants,
     Payèrent d'abord avec zèle
     La pension trimestrielle ;
     Mais au bout de quatre à cinq ans,
     Ils trouvaient déjà que leur père
Tardait bien à mourir, qu'il vivait trop longtemps !

A quoi servait-il sur la terre ?
A boire, manger et dormir.
Il était sourd comme une bombe,
Et serait bien mieux dans la tombe ;
Il ferait bien mieux d'en finir.
Et bientôt les ingrats en vinrent aux injures,
Aux épithètes les plus dures.
Ils prirent le parti de ne le plus payer,
Sans s'être fait longtemps prier.
Père Eléphant avait conservé quelques roubles,
Des ducatons simples et doubles ;
Et certain soir qu'il savait que ses fils
N'étaient pas encore endormis,
Bien certain de se faire entendre,
Il prend ses ducatons, se met à les compter,
A les jeter, à les reprendre,
Et cent fois à les recompter.
A ce manége il passe une heure entière,
Se couche enfin après avoir fait sa prière.
Il s'en alla le lendemain
Se promener de grand matin.
Ses enfants, faisant diligence,
Mettent à profit son absence,
Volent au coffre-fort et le trouvent pesant :
« L'avare nous avait recelé son argent ! »
Disent-ils.... De ce jour reparut leur tendresse,
Tendresse feinte et qui venait trop tard.
Exactement on paya le vieillard ;
On l'accabla de politesse ;
On chanta sur un autre ton.

2

Trois mois après , il mourait tout de bon ,
Et ses fils lui faisaient de riches funérailles ,
Dans l'espoir de riches trouvailles ;
Mais cet espoir fut loin d'être réalisé.
Le coffre-fort étant brisé ,
On n'y trouva rien qu'une pierre
Sur laquelle on lisait en très gros caractère :
« Jamais ne doivent les parents
Se dépouiller pour leurs enfants. »

Procès entre deux Ours.

A la cour d'un jeune lion ,
Les singes seuls, avaient, dit-on ,
Tous les emplois de la magistrature :
Avocats , procureurs, juges... singes partout!...
Je l'ai lu dans Lokman, messieurs, je vous assure
Que je n'invente rien du tout ;
Il doit répondre seul des choses qu'il avance.
Un jour, deux jeunes ours (on sait que cette engeance
N'a pas le caractère et l'esprit fort bien faits,
Qu'elle est chicaneuse à l'excès)
Eurent des démêlés, entrèrent en procès ;
Probablement pour peu de chose.
D'abord les débats eurent lieu
Devant un sapajou, juge de paix du lieu,
Qui bien ou mal jugea la cause.
L'un gagna son procès, et l'autre, le vaincu,

Ne se tenant pas pour battu,
Se disait *in petto :* la bête scélérate,
Du juge, c'est certain, aura graissé la patte ;
    Mais ce n'est pas mon dernier mot :
Il faudrait être fou pour n'aller pas plus haut,
Et je ne voudrais pas céder pour un empire :
    Il est bon, je crois, de vous dire
Que les singes avaient, à la cour du lion,
    Tous nos degrés de juridiction.
    Le perdant fit appel de la sentence ;
La cause fut plaidée au tribunal d'instance ;
L'autre ours, en succombant, se plaignit à son tour :
    « La sentence était déloyale... »
Il forma son pourvoi devant la cour royale.
    Devant la cour il gagna son procès,
    Sur tous les points eut le plus grand succès.
Le premier ours entra dans une rage extrême,
Et porta le débat devant la cour suprême.
L'affaire eut une fin et ce fut très heureux :
L'un perdit, je me trompe, ils perdirent tous deux ;
    Tous deux avaient mangé leur patrimoine :
    Ils s'étaient ruinés en frais.
L'un mourut de chagrin et l'autre se fit moine.
Mauvais arrangement vaut mieux qu'un bon procès.

Le Cheval de fiacre et le Cheval solognot.

Quoique fort jeune, un cheval décharné
    Et couronné,

Bon tout au plus à mettre à la voirie,
　　Disait un jour à l'écurie ,
Devant ses compagnons qui le plaignaient tout bas :
　　« Mon père était un beau cheval de race,
　　　Plein de courage et plein d'audace,
　　　Qui s'illustra dans maints combats.
Se laissant entraîner à son ardeur guerrière ,
　　Au champ d'honneur il mordit la poussière
　　　D'un coup de lance dans le flanc.
　　Ma mère était une anglaise pur sang ,
　　　Elle porta le roi d'Espagne.
　　Mon aïeul eut l'insigne honneur
　　　　Et le bonheur
De porter Charles-Quint, empereur d'Allemagne.
　　　Mon trisaïeul, noble animal,
　　　Tirait son illustre origine
　　　D'un des petits-fils du cheval
　　　D'un grand empereur de la Chine.
　　　Ce noble cheval provenait
　　　Directement et descendait
　　　　(Foi de bête chevaline)
　　　De la pouliche et du poulain
　　　Qui furent jetés sur la terre,
　　Quand l'univers, un beau matin,
　　　　S'échappa de la main
　　Du puissant maître du tonnerre. »
Un jeune et beau poulain répondit aussitôt :
« Moi, je ne descends pas tout à fait de si haut;
　　Mon père était un simple Solognot
　　　(On sait que cette race est bonne),

Et ma mère était Berrichonne ;
Tous deux francs du collier, tous deux
Allant leur petit trot, ardents et vigoureux.
Quant à me demander ce qu'étaient mon grand-père
Et ma grand'mère,
Ce serait me jeter dans un grand embarras,
Et je te répondrais que je ne le sais pas.
Cela n'empêche point, du moins j'aime à le croire,
Que l'on me priserait beaucoup plus cher que toi,
Si l'on te menait avec moi
Au champ de foire. »
Ce Solognot judicieux
Pensait, et je l'en félicite,
Qu'on doit priser les gens sur leur mérite,
Non sur celui de leurs aïeux.

Le Miel.

Un homme poursuivi par un tigre en colère
En un puits se jette éperdu,
Et reste suspendu
A de faibles rameaux de lierre,
Qui serpentaient autour, en dedans, au dehors,
Et du puits recouvraient les bords.
Le tigre, ayant perdu sa trace,
Rugit et passe,
Va porter plus loin la terreur.
Notre homme par degrés revient de sa frayeur ;

Il ose relever la tête,

Et n'apercevant plus la bête,

Il s'apprête à sortir du puits, lorsque ses yeux

Rencontrent, dans un creux,

Du miel laissé par des abeilles

Qui bourdonnaient à ses oreilles.

Il en prend peu d'abord; mais insensiblement

Y revient, y prend goût, en mange abondamment,

Dans une heureuse extase oublie

Le gouffre, les périls qui menacent sa vie,

Le miel est si doux et si bon!

Le malheureux avec délice

S'enivre aux douceurs du poison

Et roule au fond du précipice!

Le miel, ô mes jeunes lecteurs!

C'est l'attrait des plaisirs et leurs charmes trompeurs,

Leur doux enivrement et leur perfide ivresse.

Jeunes fous qui tenez la coupe enchanteresse,

Retenez bien cette leçon:

Au fond du vase est le poison.

La petite Souris.

J'ai lu, je ne saurais dire où,

Qu'une Souris fort jeune et sans expérience,

En sortant de son trou

Pour aller chercher sa pitance,

Rencontra par hasard

Un dogue, puis un chat, près d'un morceau de lard.
La voix du chien lui fit une frayeur mortelle.
« Quel air rébarbatif et méchant ! se dit-elle ;
Que cet autre, au contraire, est gentil et mignon ,
    Et comme il paraît bon garçon !
Que sa moustache blanche est belle et vénérable !
C'est, à n'en pas douter, quelque saint respectable
    Venu tout exprès pour prier
    Dans ce réduit hospitalier. »
Ayant ainsi pensé, voici que la pauvrette
Fuit du côté du chat, quand la sournoise bête
    Sur la malheureuse se jette,
        Prouvant
      En la croquant
Qu'il ne faut se fier à bête pateline.
    Ni juger les gens sur la mine.

Le Rossignol et la Fourmi,

FABLE IMITÉE DE MOSLIH EDDIN-SADY,

poète persan,

Les animaux, au temps de cette histoire,
Véritable en tous points, et vous pouvez m'en croire,
    Comme aux beaux jours de l'âge d'or,
    Ne s'entre-mangeaient pas encor ;
Vivant, ainsi que nous, en bonne intelligence .
    Alors petits oiseaux

Se seraient fait scrupule, un cas de conscience,
De manger petits vermisseaux,
Insectes, fourmis, escarbots.
Ce premier point bien posé, je commence.
Un Rossignol persan avait fait son logis,
Son domicile, au haut d'un chêne,
Près de cet arbre une Fourmis
Dans une grotte souterraine
Comblait ses nombreux magasins.
Rossignol et Fourmi vivaient en bons voisins.
Celle-ci travaillait, portait en diligence
Un poids plus pesant qu'elle aux greniers d'abondance.
Rossignol, au contraire, aux échos d'alentour
Disait de doux propos et des chansons d'amour,
Allait sous des bosquets, sous d'épaisses charmilles,
Poursuivre et becqueter ses compagnes gentilles;
Indiscret, revenait raconter leurs faveurs
Aux vents d'est, à la rose, au jasmin, tendres fleurs,
Qui s'épanouissaient à sa douce harmonie.
Souvent, pour écouter sa riche mélodie,
Le passant suspendait et sa marche et ses pas.
La Fourmi ne s'arrêtait pas,
Travaillait toujours de plus belle.
« Mon voisin, disait-elle,
Je ne puis le nier,
Tire de son gosier
Belles roulades
Et sérénades;
Mais je voudrais savoir où ça le mènera;
Au surplus, qui vivra

Verra,
Et cela n'est pas mon affaire.
Tandis que Rossignol s'amuse et cherche à plaire,
Moi, ce que j'ai de mieux à faire,
C'est de remettre sur mon dos
Ces fardeaux,
De ne médire de personne. »
L'été, ces jours si purs ont fait place à l'automne !
Aux chants du Rossignol et des petits oiseaux,
Hélas ! ont succédé, triste et sinistre augure !
Le croassement des corbeaux,
Le silence de la nature !
Plus de roses, plus de jasmins,
De gazouillements, d'ariettes ;
Plus de beaux jours, de chansonnettes,
De blanches fleurs dans les jardins ;
Plus de zéphyrs, plus de verdure ;
Plus de frais, de gentil gazon ;
Plus de feuilles sur le buisson,
L'épine est sa seule parure !
Il offre au Rossignol, à ses membres tremblants,
Un asile incommode, ouvert à tous les vents,
Car le pauvret est là qui frissonne et grelotte,
Qui pleure, gémit, quand soudain
Il vient à penser à la grotte
Où Fourmis a son magasin.
Il va vers sa voisine, en lui disant : « J'ai faim,
Je vais tomber en défaillance ! »
Quel plaidoyer sublime et quel jet d'éloquence !
Hélas ! sur un cœur sec que fait un beau discours ;

Autant vaudrait parler, prêcher devant des sourds !
« Votre position, voisin, me contrarie ;
Je dirai même plus, j'en ai l'âme marrie ;
Mais il fallait penser, petit, aux temps meilleurs,
Que l'automne toujours suit la saison des fleurs.
Bonsoir ! » Après avoir parlé de cette sorte ,
Au nez du malheureux elle ferma sa porte.
Pensez au Rossignol, à ses derniers moments ,
    Employez mieux votre printemps.
Votre printemps ! bientôt arrivera l'automne.
Pensez à la leçon que ma fable vous donne.

La Pie et la Tourterelle.

Un certain soir Margot la pie
En sautillant à travers champs
Entendit dans une prairie,
C'était au retour du printemps,
Roucouler une tourterelle.
Margot de voler auprès d'elle
    Pour raconter
Ou pour savoir quelque nouvelle.
Tourterelle de l'éviter,
   D'abandonner la place ,
De fuir dans un lointain vallon ;
Lorsque de nouveau notre agace
La poursuit, la rejoint auprès d'un vert buisson.
  « Pourquoi me fuis-tu ? lui dit-elle.

— L'an passé, répond Tourterelle,
    Mon tourtereau,
Et si bon, et si tendre, et si jeune, et si beau,
    Sur un propos de toi, cruelle,
    Me soupçonna d'être infidèle,
Et je faillis, méchante, en mourir de douleur.
    Tu fus cause de mon malheur.
    — Méchante! moi! reprit la Pie;
    Tu te trompes, ma bonne amie;
Au fond j'ai l'âme bonne, et Jupin, le grand dieu,
Sait que pour mon prochain, à toute heure, en tout lieu,
    Je mettrais ma patte au feu.
    Si je suis un peu cancanière,
Cela tient, je l'avoue avec humilité,
    A la légèreté
De mon esprit étroit et de mon caractère.
    Mais oser douter de mon cœur,
    C'est être envers moi bien cruelle!
— Hé que m'importe, à moi? répondit Tourterelle,
Si ton cœur n'est entré pour rien dans mon malheur,
Si ta tête légère en fut seule la cause,
    Cela ne fait rien à la chose,
    Et prouve seulement
    Qu'ainsi que d'un méchant
    Il faut toujours que l'on se garde
    D'une bavarde. »

Le Marmot.

« Moi, je veux un Polichinelle ! »
On souscrit aux vœux du Marmot.
Le lendemain chanson nouvelle :
Adolphe demande un Pierrot,
Et pour l'avoir il fait le diable.
Va pour Pierrot ! Un autre jour,
Dans ses désirs insatiable,
L'enfant veut avoir un tambour.
L'homme a-t-il tout ce qu'il désire,
A-t-il, ainsi que notre enfant,
Tout le bien auquel il aspire,
Est-il satisfait et content,
Le lendemain c'est autre chose,
C'est une autre prétention ;
Jamais sa folle ambition
Ne se lasse et ne se repose.

L'Ecolier et le petit Poisson.

Un écolier, depuis une heure entière,
Pêchait au bord d'une rivière
Sans rien attraper, quand un tout petit Poisson,
Je crois que c'était une ablette,
Etourdiment vint donner de la tête
Contre l'appât et suça l'hameçon.
L'écolier tire avec précipitation,

Et le Poisson mal pris, la tête la première,
> A son grand contentement
> Retombe dans la rivière
> Et file dans son élément.
Le lendemain matin, quand tout encor sommeille,
L'enfant, pour repêcher, se lève et va tout droit
> A l'endroit
> Où se tenait le poisson de la veille,
> Qui frétillait et prenait ses ébats.
> L'Ecolier jette ses appâts,
> Et le petit Poisson s'avance
> En faisant tout autour
> Maint détour,
> Mainte et mainte circonférence,
Puis voyant l'hameçon qui tient le vermisseau,
> Les crins et le bouchon de liége :
> « Petit pêcheur; lui dit-il à fleur d'eau,
On ne prend pas deux fois les gens au même piége. »

Les deux Anesses.

> Pour que le lait de ses ânesses
> Fût servi plus frais et meilleur,
Puis aussi pour ne point fatiguer leurs altesses,
Un ânier, je veux dire un maître nourrisseur,
Les faisait dans un char voiturer par la ville,
> Aux yeux des passants ébahis,
> Les faisait traire à domicile.

L'une d'elles ayant mis,
Afin de prendre l'air, son nez à la portière,
Avise, en lorgnant les badauds,
L'ânesse d'une laitière,
Laquelle ânesse sur son dos
Portait, hélas ! de lourds fardeaux.
C'était une connaissance,
Une camarade d'enfance,
Sa cousine et sa sœur de lait.
Elle l'appelle en son langage.
Celle-ci se retourne, et bientôt reconnaît
Sa cousine qui se carrait
En ce somptueux équipage.
Le char par hasard s'arrêtant,
La pauvre piétonne accourt en se guindant
Sur ses deux jambes de derrière ;
Elle place sur la portière
Ses deux jambes de devant,
Et voilà nos deux camarades
Se donnant maintes embrassades.
« Ma bonne Jeanne, est-ce bien toi
Que je revoi ?
Toi, jadis si pauvre au village,
Aujourd'hui grande dame et roulant équipage !
Ma Jeanne ! la fortune et la prospérité
Ne t'ont donc pas rendue et plus fière et plus vaine,
Plus orgueilleuse, plus hautaine ?
— Moi !... non, Martine, en vérité ;
Car je ne sache pas, petite,
Avoir pour ça plus de mérite

Et plus d'esprit! Ma voix
Est-elle moins horrible aujourd'hui qu'autrefois?
Mes laides et longues oreilles
Sont-elles pas toujours pareilles,
Aussi longues qu'auparavant?
Ne suis-je point, enfin, Jeanne comme devant?
Nous voyons, je le sais, dans le siècle où nous sommes,
Un très grand nombre d'hommes,
La veille presque nus,
Aujourd'hui vains et fiers, insolents parvenus,
Assez stupides, assez bêtes
Pour... » Comme elle tenait ces propos malhonnêtes,
Le char, en reprenant son cours,
Lui coupe la parole et suspend son discours.

La petite Souris prodigue.

Un vieux rat de ma connaissance,
En dînant avec moi, me fit en raccourci,
Au coin du feu, l'histoire que voici :
Une Souris passa de l'extrême indigence
A l'opulence.
La petite avait hérité
D'un moine de sa parenté.
Les rats et les souris de tout le voisinage,
Comme les moucherons qui, désertant le ciel,
Viennent s'abattre autour du miel,
Vinrent soudain lui rendre hommage,

Pour lui dire la part que, dans le fond du cœur,
  Ils prenaient tous à son bonheur.
  Ce bonheur lui tourna la tête;
   Voilà qu'elle mène grand train,
   Qu'elle donne fête sur fête.
Elle ne disait pas : Songeons au lendemain;
  Elle dansait, chantait joyeux refrain.
   A force de faire bombance,
   De vivre bien joyeusement
   Et de bien arrondir sa panse,
Elle se ruina très agréablement.
   De vains regrets et l'indigence
Remplacèrent la joie, et les chants, et les ris!
   Rappelez-vous la petite Souris,

Fable supprimée par l'Auteur.

BERTRAND A JOCKO.

  Je profite, mon cher Jocko,
  Du prochain départ d'un vaisseau,
  Pour m'informer de tes nouvelles
    Et de celles
  De mes parents et des amis
   Que j'ai laissés au pays,
Sans oublier mes voisines charmantes.
  Je demeure au Jardin-des-Plantes,
  Autrefois dit Jardin-du-Roi,

Et dans un palais magnifique,
Vaste école de gymnastique,
Où sont logés, ainsi que moi,
Plusieurs singes de grande et de petite espèce,
Des Sapajous, des Simia,
Un Moustac plein de gentillesse,
De beaux Babouins, et cætera...
Chacun de nous ici mène une vie heureuse,
D'autant plus agréable et d'autant plus joyeuse,
Que nous sommes nourris, entretenus aux frais
Du gouvernement français,
Dont les attentions, les bontés délicates
Pour nos plaisirs,
Et pour mieux charmer nos loisirs,
Nous livrent trois à quatre pauvres chattes,
Qu'à l'envi nous martyrisons
En les traînant à reculons,
Ou par la queue ou par les pattes
Autour de nos appartements;
Le tout aux rires fous, aux applaudissements,
Aux éclats de la multitude,
Qui d'habitude,
Daigne nous visiter, et nous faire l'honneur
D'admirer nos espiégleries,
Et nos tours et nos singeries.
Les Singes, à Paris, sont en grande faveur;
C'est pourquoi, cousin, je t'engage
A faire au printemps ce voyage.
Je t'embrasse, et finis ma lettre en te priant
De ne point oublier que ton cousin Bertrand
T'attend.

3

RÉPONSE DE JOCKO A BERTRAND.

C'est avec une joie extrême
Que j'ai reçu ta lettre avant-hier matin.
Je suis fort bien portant; puisse, mon cher cousin,
Celle-ci te trouver de même.
J'aurais bien désiré pouvoir
Aller à Paris pour t'y voir;
Mais je ne puis, hélas! nourrir ce doux espoir!
Quant aux descriptions charmantes,
A ces peintures séduisantes
Que tu me fais
De ton palais;
De l'excessive politesse,
Des soins pleins de délicatesse
Que Paris a pour notre espèce,
Toutes ces choses-là n'ont pour moi nuls attraits.
Ton palais magnifique, ami, qu'est-ce autre chose
Qu'une cage dorée, une prison bien close?
Aux palais, aux faveurs de la grande cité
Je ne saurais jamais me faire.
A tout cela, moi, je préfère
Et mes bois et ma liberté!

Les deux Chevaux de labour.

Deux jeunes Chevaux de labour
Revenaient un soir de l'ouvrage,

Lentement, harassés, et le corps tout en nage,
Courbés par la fatigue et la chaleur du jour.
    « Est-il, dit l'un des deux à l'autre,
Une condition plus dure que la nôtre ?
    Est-il sous la voûte des cieux
Un état plus pénible, un sort plus malheureux ?
Et dire qu'il faudra tout souffrir et se taire !
    En silence ronger son frein,
    Et voir d'un œil calme et serein
    Le Cheval du propriétaire,
Ou celui du seigneur voisin de cette terre,
       Allant
       Caracolant,
Passant dans les plaisirs les trois quarts de leur vie !
    O sort cent fois digne d'envie,
    O noire injustice des cieux ! »
    Comme il tenait envers les dieux
    Ces discours peu respectueux,
    Des plaintes à peu près pareilles
    Qui partaient du château voisin,
    Retentirent à leurs oreilles :
« Est-il en ce bas monde un plus cruel destin
    Que de passer sa vie entière
    Sans joie aucune et sans bonheur ,
    Au service de ce seigneur
Qui vit comme un grigou, confiné dans sa terre,
    Ainsi qu'un ours en sa tanière,
    Et qui lui-même prend le soin
De mesurer l'avoine et de peser le foin?
    Pourquoi les dieux, quand ils m'ont donné l'être,

Ne m'ont-ils pas fait naître
Pour parader avec honneur
Au service de l'Empereur? »
Ce jour-là l'Empereur avait, en ces parages,
Lancé le cerf avec les barons de sa cour,
Et son noble coursier, quand vint la fin du jour,
Avait été conduit en de gras pâturages.
L'air retentit aussi de ses gémissements :
« Oh ! que j'échangerais ces vains amusements
   Et cette vie aventureuse,
     Agitée, orageuse,
Que l'on me fait mener près de sa majesté,
Contre le doux repos et la félicité
Dont je vois ici près, en pleine liberté,
   Jouir, depuis la matinée,
   Cette Jument si fortunée ! »
   A peine avait-il dit ces mots,
     Que les échos
   Vinrent lui porter ce langage
   De la Jument du voisinage :
« Oh ! que je porte envie aux chevaux de labour !
Je sais bien qu'on les fait travailler tout le jour,
   Qu'on n'épargne guère leurs peines,
   Mais qu'est-ce, hélas ! auprès des miennes,
   Auprès du pénible métier
Que me fait faire ici ce mauvais charretier ?
   Lorsque la besogne est finie,
   Ils sont certains qu'à l'écurie
  Ils trouveront de l'avoine et du foin,
   Qu'on aura d'eux le plus grand soin ;

Tandis que moi, jument infortunée,
A peine si je puis, hélas! de temps en temps,
Me mettre sous les dents
Quelques brins de paille fanée,
Vil débris de la basse-cour! »
La voix de la Jument tombait, lorsqu'à son tour
Un Ane qui montait la plaine,
En cherchant quelqu'aubaine,
Quelque chardon,
Défila sur un très haut ton
Mainte et mainte jérémiade,
En accusant Jupin, les dieux en général,
De ne l'avoir pas fait cheval.
« Ami, dit à son camarade
Le second Cheval de labour,
Qui, tout en cheminant, dégustait l'herbe tendre,
Les choses que je viens d'entendre
Me prouvent clair comme le jour
Que sur la terre
Nul animal n'est content de son sort.
Ces choses me prouvent encor
Que si grande que soit, hélas! notre misère,
La vileté de notre emploi,
On rencontre toujours un frère
Beaucoup plus malheureux que soi!
Pour s'estimer heureux sais-tu ce qu'il faut faire!
Ne point voir au-dessus de nous,
Toujours regarder au-dessous. »

———

Castor et Jupiter.

Castor, fils de Pollux, était un chien de chasse
Fort peu spirituel, mais d'assez bonne race.
En ambassade il fut député vers les dieux :
« O maître souverain de la terre et des cieux,
       Amant d'Europe
       Et d'Antiope,
    De Phoronis, et cætera...
Jupiter ! je descends de la belle Méra,
De ta couche royale autrefois honorée,
Et que tu transformas en levrette sacrée,
Ce qui fait qu'il existe un peu de parenté
Entre ton serviteur et ta divinité. »
A ces mots, Jupiter et se fâche et s'emporte,
    Et du pied le jette à la porte.
    Tout rempli de confusion,
Castor dégringola du haut du ciel à terre,
S'appliquant un peu tard cette réflexion,
    Que, par trop de présomption,
    On gâte souvent son affaire.

***

La Colombe calomniée et sa compagne.

C'était au matin d'un dimanche ;
Une colombe toute blanche
Pleurait : ses soupirs déchirants
    Sont portés par les vents

Dans la campagne,
A sa compagne,
Qui vole aussitôt vers sa sœur
Pour savoir le sujet de ses peines cruelles ,
De sa douleur !
« Mon cœur est aussi blanc que blanches sont mes ailes,
Et cependant
Je viens d'être calomniée
Par mon voisin le chat-huant ;
Par tout le monde, hélas ! sœur, je suis reniée,
Voilà pourquoi je vais pleurant.
De mes chagrins voilà toute la cause. »
Sa compagne, en la consolant,
Lui fait remarquer une rose
Pleine de grâce et de fraîcheur.
« Allons respirer son odeur ! »
Elles volent soudain, puis reculent d'horreur
En voyant un insecte, immonde créature,
Y déposer sa bave impure.
Elles ont fui ; mais le hasard,
Vers le milieu de la journée,
Présente encor à leur regard
La rose de la matinée.
L'insecte gisait expirant,
Meurtri sous les pieds d'un enfant.
Les rayons du soleil avaient pompé la bave,
Et la fleur
Exhalait un parfum plus pur et plus suave.
« Comme cette rose, ô ma sœur,
Dit à la pauvre désolée

Sa camarade émervcillée,
Comme cette rose sortant
Et plus fraîchc et plus gracieuse
Des souillures du ver rampant,
Tu sortiras, ma pauvre enfant,
Et plus pure et plus vertueuse
Des atteintes du chat-huant. »

Les deux Lièvres.

JEAN LELIÈVRE A LÉPORIN.

« Mon cher Léporin,
Cette lettre,
Qu'en tes pattes quelqu'un s'est chargé de remettre,
T'annonce que demain matin
Vingt-quatre juin,
A l'occasion de sa fête,
Jean Lelièvre régale et traite,
En son logis
Tous ses amis ;
Que pour toi, Léporin, le couvert sera mis,
Et que dans les plaisirs, la joie et la folie,
Avec philosophie,
Ensemble nous rirons des chagrins de la vie.
Réponse, s'il te plaît. Adieu, j'ai bien l'honneur
D'être ton humble serviteur.
Ton meilleur ami, Jean Lelièvre. »

RÉPONSE DE LÉPORIN.

« Si Léporin n'est pas retenu par la fièvre,
Ou bien par tout autre accident,
Il se propose
De ne point perdre un coup de dent,
De ne point rester bouche close,
Et de faire honneur au festin.
A demain !
Adieu. Ton ami, Léporin. »
Las ! au bout d'un quart d'heure à peine,
Une meute de chiens courants,
Le mufle aux vents,
Les sent, leur souffle au poil, les poursuit dans la plaine.
Blessés par des chasseurs, nos lièvres expirants
Se rencontrent aux mêmes champs,
Épuisés, hors d'haleine,
Contre la mort luttant en vain.
« Hélas ! dit Jean Lelièvre en pleurs à Léporin,
Hélas ! je vois que c'est folie
Dans cette vie
De compter sur le lendemain ! »

Le Châtelain et les Hirondelles.

Restez, gentes hirondelles,
Restez, restez près de nous ;
Restez ; pourquoi voulez-vous

Fuir, abandonner, cruelles,
Les vieux donjons, cette tour,
Où vous reçûtes le jour ?
Qu'allez-vous faire, insensées ?
Demeurez au vieux manoir !...
Que de ces hautes croisées
Je puisse encore vous voir
Tantôt compactes, nombreuses,
Bataillons au vol léger,
Venir par bandes joyeuses
Auprès de moi voltiger,
Planer, rester suspendues
Sur ma tête... fendre l'air,
Disparaître dans les nues,
Rapides comme l'éclair ;
Tantôt, tristes et plaintives,
Rasant, effleurant le sol,
L'eau qui coule entre deux rives,
Annoncer par votre vol,
Infaillibles prophétesses,
La pluie et le mauvais temps,
La tempête et les autans !
Gentilles devineresses,
Hirondelles, mes amours,
Aux ogives de ma chambre
Demeurez, restez toujours !

LES HIRONDELLES.

Octobre chasse septembre,
L'automne vient à grands pas,

Ayant pour affreux cortége
Les autans, les noirs frimas,
Et les blancs flocons de neige !
Jouets des noirs aquilons,
Jaunes, mortes, desséchées,
De la forêt aux vallons
Les feuilles sont dispersées !
Les saules, les peupliers
Qui bordent le cours des ondes
Vers leurs racines profondes
Inclinent leurs fronts altiers !
L'instinct et l'intelligence
Que nous reçûmes d'en haut
Nous avertissent qu'il faut,
Faisant prompte diligence,
Loin du beau pays de France,
Chercher un climat plus chaud !
Déjà, déployant leurs ailes,
Nos messagères fidèles
Ont été dans le lointain,
Dans les vallons, les campagnes,
Pour appeler nos compagnes
Au manoir du châtelain !
Nos compagnes appelées,
Exactes au rendez-vous ,
Sont au clocher rassemblées,
Prêtes à fuir avec nous !
Veille pendant notre absence
A nos nids, bon châtelain !
Les dieux prêtent assistance

Au propriétaire humain
Qui protége, en ses tourelles,
Les petits nids d'hirondelles,
Ainsi qu'aux bons matelots
Qui, pendant les traversées,
Nous reçoivent harassées
Sur les câbles des vaisseaux !
Adieu ! lorsque la nature,
Au doux retour du printemps,
Se couvrira de verdure,
De fraîches fleurs dans les champs ;
Quand, cessant d'être muette,
On entendra l'alouette,
En remontant vers les cieux,
Reprendre ses chants joyeux,
Nous te reviendrons fidèles
Dans ces nids, dans cette tour,
Où nous reçûmes le jour,
Pour couver à notre tour,
Sous nos ailes maternelles,
Nos petites hirondelles !
Elles ne revinrent pas !
La cruelle mort, hélas!
Aux bords d'un lointain rivage
Un soir vint les emporter !
Jamais le voyageur sage
En partant ne doit compter
Revenir de son voyage !

Jupiter et la Brebis.

La Brebis fit un jour demander audience
  Au souverain maître des dieux.
  Jupiter avec bienveillance
Chargea son messager de l'introduire aux cieux.
« Approche, ma petite !... encor... Pourquoi ces larmes ?
  — Au jour de la création,
Vous avez oublié de me donner des armes
  Pour ma conservation.
  — Je puis, par ma toute-puissance
Réparer cet oubli : voyons ! pour ta défense,
  Veux-tu que je donne à ta dent
  Le venin mortel du serpent ?
  Veux-tu que je donne à ta patte
La griffe du lion ou celle de la chatte ?
  Veux-tu que ma divinité
  Te donne la férocité
  Du loup, de l'ours, de la panthère,
  Du tigre?... réponds-moi, ma chère,
 Parle sans crainte et sans émotion.
— Ne pourrais-je, ô Jupin ! défendre ma toison,
  Sans nuire aux autres, moi-même ?
— Cela n'est pas, ma fille, en mon pouvoir suprême.
  — O souverain maître des dieux
  Et des hommes et du tonnerre,
 S'il n'en peut être autrement, j'aime mieux,
  Souffrir le mal que de le faire. »

—

Les deux Frères.

Deux frères, certain jour, procédèrent entre eux
    Par devant notaire au partage
    D'un terrain maigre, rocailleux,
        Seul héritage
    D'un grand-oncle aussi malheureux
       Que ses neveux.
  L'aîné, pensant qu'il était inutile
    D'arroser de ses sueurs
    Une terre ingrate, stérile,
    Alla chercher fortune ailleurs.
    Le plus jeune, au contraire,
Se mit avec courage à labourer sa terre,
  Lui consacra tous ses soins et son temps,
    Et cette terre si stérile
    En moins de trois à quatre ans
Devenait dans ses mains une terre fertile,
  Le nourrissait ainsi que ses enfants,
  Quand son aîné se mourait de misère.
    Cela rappelle à mon esprit
    Ce que, quand j'étais tout petit,
  J'entendais dire à défunt mon grand-père :
    « Tant vaut l'homme, tant vaut la terre. »

Le Lion, la Lionne et le Renard philosophe.

  Possesseur de vastes forêts,
  Aimé, chéri de ses sujets,

Qui le regardaient comme un père,
Un Lion s'estimait le plus heureux Lion
Que l'on eût vu jusque là sur la terre.
De sa légitime union
Avec une jeune Lionne,
Laquelle était aussi sage que bonne,
Étaient issus deux lionceaux,
Tous deux très bien venus, aussi braves que beaux,
La joie et l'orgueil de leur père !
La mort passa par là ! la mort souffla dessus !
Pauvre Lion, et surtout pauvre mère !
L'air retentit au loin de leurs sanglots aigus.
Un Renard philosophe et dévot personnage,
Retiré près de là dans un saint ermitage,
Du fond de sa retraite entendit leurs sanglots,
Il accourt et leur dit ces mots :
« Il faut vous armer de courage,
Et ressembler au diamant,
Que ni le feu, ni l'eau, ni le choc de la pierre,
Ne sauraient émouvoir en aucune manière.
Celui qui règne au haut du firmament,
En nous jetant sur cette terre,
Donne à chacun de nous, aux grands comme aux petits,
Au lion comme à la fourmis,
Sa part, sa dose de misère,
Et de peines et de douleurs.
Nous avons observé, nous autres philosophes,
Que souvent l'excès du bonheur
Touchait à l'excès du malheur,
Aux plus cruelles catastrophes,

Et l'excès du malheur à l'excès du plaisir,
　　Car tout zénith a son nadir.
Avant que d'habiter ma retraite profonde,
　　J'ai suivi le jardin du monde,
　　Et je ne me rappelle pas,
En y cueillant des fleurs, de fraîches églantines,
　　Avoir trouvé sous mes pas
　　Une rose sans épines.

La Mort et le Mourant.

La Mort, la laide Mort, railleuse et goguenarde,
　　Se tenait auprès d'un mourant
　　(La veille encor très bien portant),
Pour lui servir d'éclaireur, d'avant-garde,
　　Lorsqu'arriverait le moment
　　Du départ et du dénoûment.
« Tu ne me trouves pas, je le vois, bien jolie!...
　　Je crois que c'est avec regret
　　Qu'il te faut quitter cette vie!...»
　　— « Tu te trompes, je suis tout prêt.
　　Quelques ans de plus, que m'importe?
　　Il faut toujours en venir là
　　Tôt ou tard : bien convaincu de cela,
　　J'ai fait, ma chère amie, en sorte
D'être toujours dispos à te bien recevoir,
Lorsqu'il te conviendrait de frapper à ma porte,
　　Et de venir à mon chevet t'asseoir.

Pour cela j'ai tenu chaque jour mes affaires
  Très au courant, et parfaitement claires.
    Et puis, quelque chose de mieux !...
    Je suis en règle avec les dieux !...
    J'ai fait plus ! pour le grand voyage
  J'ai commandé mon trousseau ! vois là-bas
  Ces quatre planches, ces deux draps !...
  Il n'est besoin d'autre bagage !...
  Partons !... » Il la suit sans effroi.
  Mon maître l'a dit avant moi :
  La Mort ne surprend pas le sage.

Le Renard et le Corbeau.

  Une vieille Cochinchinoise,
Pour jouer une niche à la gent souriquoise
Qui faisait, chaque jour, à la barbe des chats,
    Quelques dégâts dans son ménage,
    Avait mis de la mort aux rats
      Dans un fromage,
Et l'avait fait sécher sur un banc de gazon.
    Un Corbeau tout à fait sans gêne
    Le voit, et, sans plus de façon,
L'emporte dans son bec sur les branches d'un chêne.
    Un Renard passait en flairant,
      Le mufle au vent.
« Je ne me trompe pas !... je n'ai point la berlue !
C'est le roi des oiseaux !... c'est bien lui que je voi.

4

Oiseau de Jupiter !... aigle !... je te salue !...
Me serais-je trompé ?... de grâce, réponds-moi,
Parle ! ai-je bien l'honneur de saluer le roi ? »
« Oui... » Le Corbeau voudrait rattraper son fromage
Qui tombe... Le Renard vous le happe au passage,
    Et vous lui donne un premier coup de dent.
« Ton fromage, d'honneur, mon cher, est succulent.
       J'en ai l'âme toute ravie :
       Je ne sache pas de ma vie
       Avoir mangé rien d'aussi bon,
De plus... » Il persiflait encor, quand le poison,
Faisant dans tout son corps un horrible ravage,
    Le force à changer de langage.
Il se roule en faisant mainte contorsion,
Interroge en tremblant les restes du fromage.
« O ciel !... de l'arsenic !... je suis empoisonné !!! »
— Vrai !... répond le Corbeau ; j'en serais chagriné,
    Ça me ferait beaucoup de peine. »
Comme il disait ces mots, il s'abat de son chêne,
S'approche du Renard luttant contre la mort,
    Et poussant des cris lamentables :
« Maudit flatteur, dit-il, puisse le même sort
    Atteindre toujours tes semblables ! »

La Dinde, l'Oie et le Canard.

    Quelqu'un me racontait un jour
Qu'un Canard, une Dinde, avec commère l'Oie,

Commensaux d'une basse-cour,
Au milieu des transports, des éclats de la joie,
Discouraient en commun
Sur le mérite d'un chacun.
Le Canard, en prenant un air de suffisance,
Accordait au renard un peu d'intelligence.
La Dinde de son côté
Reconnaissait au chien quelque sagacité;
Enfin commère l'Oie
Avouait que le vers à soie
Avait assez de goût et filait avec art.
Sur les conclusions de l'Oie et du Canard,
Le conseil néanmoins se hâta de résoudre
Qu'aucun des susdits animaux
N'avait inventé la poudre.
Eux seuls (je veux parler ici de mes héros)
Avaient tous les talents, l'esprit et le génie.
Ils n'en convenaient pas
Par un reste de modestie,
Mais chacun le pensait et le disait tout bas.

La Belette et le Propriétaire.

Un certain jour une Belette
Fut prise au piège ; la pauvrette
Tenta de vains efforts pour rompre ses liens !
« Enfin, ma belle, je te tiens !
S'écria le propriétaire ;

Te voilà ma prisonnière ;
Or, nous allons régler nos comptes, s'il te plaît.
  — Grâce ! quel mal t'ai-je donc fait?
Aucun, même je puis, avec quelque justice,
  Me vanter, en face des cieux,
   De t'avoir rendu service.
  — Vraiment! je serais curieux,
   Ma toute belle,
  D'apprendre et de savoir de toi
  Le service que je te doi.
  — Une troupe impie et cruelle
D'animaux malfaisants, de souris et de rats,
   Malgré tes chats,
Chez toi s'émancipait et prenait ses ébats,
  Mangeait ton lard et ta chandelle,
  Et t'aurait bientôt ruiné.
  Rats et souris, j'ai tout exterminé !
  — Un avocat, ma bonne amie,
  N'aurait pas mieux imaginé.
  Autre question, je te prie :
Ne m'as-tu pas aussi quelquefois dans la vie
  Exterminé quelques poulets,
  Quelques canards ? — Moi ! quelle horreur ! jamais !
  Je les exècre et les abhorre.
  — De mieux en mieux : un petit mot encore,
  Un seul mot : est-ce pour mon bien
  Que tu mangeas, dame Belette,
Mes rats et mes souris ? n'est-ce pas pour le tien?...
   Tu restes muette !...
  Ecoute bien cette leçon,

Pour en faire là-bas ton profit chez Pluton :
    On a toujours tort, ma petite,
   De se vanter, de se faire un mérite
Du bien qu'on a pu faire aux gens, quand, comme toi,
    On ne l'a fait que pour soi. »

Les deux Paons et la Poule.

    Deux jeunes Paons se promenaient,
Et, tout en cheminant, ensemble discouraient,
    Raisonnaient et philosophaient.
L'un d'eux dit assez haut : « Chose bien singulière !
J'entends dire partout que notre race est fière ;
    Sans cesse on me corne au tympan
Ce proverbe : Il est fier, orgueilleux comme un paon.
    Ceux qui tiennent un tel langage
      Sont des jaloux.
Ils seraient, j'en suis sûr, beaucoup plus fiers que nous,
Si les dieux leur avaient donné notre plumage.
Un coq, un méchant coq, misérable avorton,
    Lève plus haut que nous la crête.
Tiens ! j'en vois un là-bas au fond de ce vallon,
    Suivant de près une Poulette.
Quelle démarche fière et quel regard hautain ! »
La Poulette entendit ce discours, et soudain
    Le rouge lui monte à la tête.
Elle accourt vers les Paons, les toise bravement,
    Et leur dit assez sèchement :

« La fierté, messeigneurs, est chose pardonnable
          A celui
        Qui, comme lui,
      Est courageux et redoutable,
A le cœur haut placé, grand, et porte en ce cœur
      Le sentiment de sa valeur.
C'est même dans ce cas une vertu louable ;
      Mais, je vous le dis entre nous,
      Ce n'est plus qu'un vain étalage,
    Lorsque l'on fait consister comme vous
      Tout son mérite en son plumage. »

Le Rentier et la Mort.

Un Vieillard se mourait ; son vieil ami d'enfance,
      Honnête et vertueux rentier,
      Qui demeurait sur le même palier,
        Au chevet de son lit s'élance :
  En l'embrassant, notre rentier pleurait,
      Se désolait, se lamentait,
      Remplissait la maison entière
      De ses cris et de ses hélas !
« Mon bon, mon cher François ! si, sourde à ma prière,
      La Mort t'arrache de mes bras,
        Oh ! je ne te survivrai pas !...
Nous naquîmes ensemble, ami ! partons ensemble !
      Qu'un même tombeau nous rassemble !...
      Je veux m'en aller avec toi !...

Je t'en supplie, ô Mort, ô Mort, emporte-moi
　　Avec mon vieux camarade ! ! »
　　Il quitte un instant le malade,
　Va dans sa chambre, en s'écriant plus fort
Qu'il veut mourir. Tandis qu'il criait de la sorte,
　　Il entend frapper à sa porte.
Il ouvre, et nez à nez se trouve avec la Mort ;
Il recule d'horreur et faisant la grimace ,
«Vous vous trompez de porte, ô Mort ! frappez en face ! »

Le Renard sybarite.

Il n'était pas d'horreurs, de crimes, de forfaits,
　　Qu'en sa jeunesse
　Un Renard bas-normand n'eût faits ;
　Et même encore, en sa vieillesse,
Il vous expédiait chaque jour chez Pluton,
　　Soit un tendre chapon,
　Soit une innocente poulette,
　Soit un coq, soit une canette.
Riche, ayant du comptant et bonne basse-cour,
Chacun venait le voir et lui faire sa cour,
　Non pour lui, mais pour sa cuisine,
Laquelle avait toujours appétissante mine,
　　Un parfum délicieux !
Renard aux yeux de tous passait pour être heureux,
　　Car il avait en abondance
　　Tout ce qui fait, en apparence,

Sur cette terre le bonheur,
  Santé, fortune, et train de grand seigneur.
Une chose manquait à notre sybarite :
Rarement le sommeil approchait de son gîte ;
    Et quand parfois maître Renard
Venait à fermer l'œil, un affreux cauchemar
Soudain lui retraçait ses larcins et ses crimes,
    Et ses innocentes victimes
Qui toutes, à l'envi, sautant avec fureur,
Venaient à coups de bec déchiqueter son cœur,
    Et lui disaient dans leur vengeance,
    En quittant ses riches paliers,
    Qu'une mauvaise conscience
    Est le plus dur des oreillers.

La petite Souris persévérante.

Au mois de septembre dernier,
Une Souris trottait dans son grenier
Le long du mur. Soudain elle s'arrête,
    Lève la tête,
Flaire, reflaire, avise un petit trou,
    Par où
Son œil peut distinguer de succulentes choses
    Dans le grenier voisin,
Du lard, du suif, des noix et du raisin.
Mais pour le trou ses formes sont trop grosses :
  « Je n'entrerai jamais dedans ;

Autant vaudrait perdre mon temps
A tenter d'attraper la lune avec mes dents. »
Ayant ainsi pensé, voilà que la petite
    S'esquive, mais revient bien vite,
    Puis, au bout de quelques instants,
Se dresse vers le trou, le gratte et le regratte
    Avec ses dents, avec sa patte,
        Pour l'agrandir
        Et l'élargir ;
    Et vers le soir, ma travailleuse,
Ayant bien grignoté, suant, fondant en eau,
    Se retire toute joyeuse
De pouvoir y fourrer la moitié du museau.
    Le lendemain, même courage,
    Même empressement à l'ouvrage.
Elle passa sa tête, ensuite tout son corps,
    Et voilà ma souris dehors.
     Ayez sa persévérance,
    Son courage, sa patience,
     Et vous viendrez à bout
     De tout.

Le Bal de l'Ours.

Un Ours de très basse naissance,
    Ours enrichi dans la finance,
    Brave ours, et quoique financier,
Ne sentant nullement le juif ou l'usurier,

Un certain jour se mit en tête,
A l'occasion de sa fête,
  De donner un grand bal,
    Avec régal.
Madame l'ourse à sa soirée
N'admit point de petites gens ;
Mais, magnifiquement parée,
Elle fut avec ses enfants
Prier sa majesté lionne,
Honnête et courtoise personne,
De vouloir bien honorer le soupé
(Avec ce que la cour avait de plus huppé)
  De son auguste et royale présence,
  Et danser la première danse.
Sa majesté promit qu'elle ouvrirait le bal
  Avec la fille du chacal.
  La fête fut éblouissante,
Et, de mémoire d'ours, on n'avait jamais vu
Réunion plus belle et plus resplendissante,
  Meilleur orchestre et meilleur ambigu.
    Nos Ours ne se sentaient pas d'aise,
    Et tout en faisant dos à dos,
    Les grâces ou la chaîne anglaise,
    S'enflaient, se gonflaient dans leurs peaux.
« Quel honneur, disaient-ils, ces gens de haut lignage,
    Et la présence du lion,
    Vont jeter sur notre maison !
Certes, voisine l'ourse en crèvera de rage. »
    Maints propos, maints chuchotements,
    Que le vent porte à leurs oreilles,

Rabattent leur orgueil et leurs contentements :
« Avez-vous jamais vu fatuités pareilles ?
Ces ours voudraient-ils pas s'élever jusqu'à nous ?
    Par Jupiter !... ils sont tous fous. »
« Moi, je ne connais pas de pire suffisance
        Que celle des gens de finance ;
Mais ils auront beau faire et beau se décrasser,
        Se lécher et se dégraisser,
Ça sentira toujours la crasse originelle. »
        Une contredanse nouvelle
        Vint interrompre ce discours,
Et l'Ours dit à son Ourse étouffant de colère :
        « C'est très bien fait pour nous, ma chère. »
Ours, à vos bals n'invitez que des ours.

L'Ambassade de l'Ane et du Renard.

Autrefois..... de ceci voilà près de mille ans,
Un vieux Renard, un Ane, allaient de compagnie,
        Pour un cas de diplomatie,
        Au pays des orangs-outangs.
Nos deux ambassadeurs, honnêtes personnages,
        A peine arrivés à la cour,
        S'empressent de faire leur cour
        Et de présenter leurs hommages
            Au souverain.
Le roi trônait, ainsi qu'un empereur romain,
Au milieu des seigneurs, des grands et des altesses

Les princesses,
Que par pudeur nous omettons
De désigner par leurs vrais noms.
Après les compliments d'usage
Et l'exposé succinct du but de leur message,
Le Renard dit : « Je suis, grand prince, fort âgé,
Et votre serviteur a beaucoup voyagé.
J'ai vu le Niéper, j'ai visité le Tage ;
J'ai traversé la Seine et le Mississipi ;
Mes pattes ont foulé la Chine et le Chili.
Or, je puis vous avouer, Sire,
En vérité,
Que je n'ai jamais vu de plus puissant empire
Que l'empire puissant de Votre Majesté ;
Que je n'ai jamais vu de femmes aussi belles
Que ces dames, ces demoiselles. »
Un long murmure approbateur
Accueille, à ces mots, l'orateur.
Le prince satisfait comble son excellence
Des dons de sa munificence,
Et lui livre sa basse-cour.
L'Ane, les yeux baissés, vint et dit à son tour :
« Votre humble serviteur, Sire, n'est qu'un pauvre âne,
Fils de feu Bourriquet et de défunte Jeanne.
Comme je ne saurais farder la vérité,
Je vous dirai, Seigneur, avec sincérité,
Que, quel que soit l'endroit où je porte ma vue,
Et je n'ai pas la berlue,
Partout je n'aperçois céans
Que de vilains orangs-outangs.

Renard, mon compagnon, mon habile confrère,
En vantant la grandeur, l'éclat de votre cour,
    A voulu vous faire sa cour ;
    Il aurait mieux fait de se taire.
    Mais, comme tout ambassadeur,
Renard, de sa nature, est un lâche flatteur.
Sachez de Bourriquet que les courtisans, Sire,
Sont et seront toujours la peste d'un empire,
      Oui, le plus grand fléau
Que Jupiter vous puisse envoyer de là-haut.
Si les dieux empereur ou roi m'eussent fait naître,
    Si j'avais le malheur de l'être,
D'honneurs et de présents au lieu de les combler,
    Je les ferais tous empaler. »
    Ainsi parla le fils de Jeanne.
    Ce n'était pas mal pour un âne ;
    Mais l'assemblée orang-outane
    Sur le malheureux se rua,
    A belles dents le déchira,
Et ce fut Bourriquet, hélas ! qu'on empala.
    Nous aimons que l'on nous encense,
Que le coup d'encensoir soit ou non mérité ;
    Mais quand parfois la vérité
Froisse notre amour-propre et notre vanité,
    Nous la prenons pour une offense,
    En cela fort peu différents
    De messieurs les orangs-outangs.

Le Renard et l'Éléphant.

DEVANT UNE ASSEMBLÉE D'ANIMAUX.

LE RENARD.

« Tigres, singes, lions, panthères et taureaux,
Ours, et vous tous enfin, illustres animaux,
    Je cède à votre impatience,
        Et je commence :
    Depuis cinq mille et huit cent cinquante ans
      Que, dans sa sagesse profonde,
Il plut à Jupiter de fabriquer le monde,
    Tout marche en dépit du bon sens,
    Tout à rebours de ce qu'il voulait faire,
      Car il tombe sous la raison
Qu'en nous pétrissant tous de la même manière,
     Avec le même limon,
    Le puissant maître du tonnerre
       Avait l'intention
Qu'entre les animaux tout fût commun sur terre.
Cependant !... promenons les yeux autour de nous,
En arrière, en avant, dites, que voyez-vous ?
     Des choses tout à fait criantes
        Et révoltantes,
     Des choses dont l'iniquité,
        En vérité,
    Fait frissonner toute âme honnête,
    Et dresser les poils sur la tête !
    Qui d'entre vous ne s'en indigne pas ?
Le luxe, les plaisirs, tous les biens d'ici-bas
    Sont répartis dans l'espèce animale

D'une façon tout à fait inégale,
  Contre les lois de l'équité !
Mu par l'amour de l'animalité,
Je viens vous proposer de changer de système,
  De tout mettre en communauté,
  Tout !... jusqu'au beau sexe lui-même !
Est-il juste, en effet, qu'une ourse soit toujours
  (Odieuse prérogative !)
  La possession exclusive,
  La propriété d'un seul ours ?
Illustre aréopage , est-ce de la justice ?
Suivez l'impulsion de vos cœurs : que chacun ,
  Faisant un noble sacrifice,
  Mette tous ses biens en commun,
  Et les fasse apporter de suite !
 Chacun de nous dans la communauté,
  Où régnera l'égalité,
  Sera classé, numéroté
  Suivant son degré de mérite,
  D'esprit et de capacité,
  Bref, son degré d'intelligence.
  L'âne et le bœuf, à leur naissance,
Reçurent un esprit, un cerveau très bornés,
Aperçoivent à peine au-delà de leur nez ;
Tous les deux, en raison de leur force mentale,
Écumeront de pair la marmite animale.
Le zèbre et le mulet, tous deux un peu moins sots ,
  Seront à des degrés plus hauts ;
   Ainsi de suite,
  Suivant l'esprit et le mérite. »

Ayant ainsi parlé, maître renard s'assit.

L'éléphant, à son tour, dresse sa trompe et dit :

« Sans contestation aucune,

L'honorable orateur qui quitte la tribune

A fait preuve d'habileté ;

Mais quand il vient prêcher avec tant d'éloquence

L'égalité,

Quand il vient demander avec tant d'insistance

Que l'on mette en communauté

Jusqu'au beau sexe, il est de la prudence

(Honni soit qui mal y pense !)

De remarquer qu'il ne possède rien,

Qu'on ne lui connaît aucun bien,

Et que, de plus, notre rusé confrère

Est encore célibataire. »

Je sais des gens qui, comme lui,

Arborent aujourd'hui

La bannière du communisme.

Sous leur masque de rigorisme

Que s'offre-t-il à mes regards ?

Des renards.

FIN.

PIÈCE JUSTIFICATIVE.

Journal des Débats du 5 mars 1842.

———◦———

Fables dédiées au comte de Paris, par Frédéric Jacquier, chez Mad. veuve Dondey-Duprez, libraire, rue des Pyramides, 8, et Ch. Warrée, libraire, rue Richelieu, 45 bis', 1841.

M. Frédéric Jacquier est un nom de plus à classer dans la liste de nos curiosités provinciales. La ville de Nevers est fière de son menuisier, celle de Nîmes vante son boulanger ; à Romorantin, on commence à citer Frédéric Jacquier. Le La Fontaine de Romorantin n'est ni menuisier, ni boulanger ; il est ancien notaire. Notaire ou boulanger, la différence est mince aux yeux des muses, et jusqu'à M. Jacquier, on ne s'était jamais aperçu que la Providence eût logé les disciples de Massé plus près du Parnasse que les modestes confrères de Jean Reboul et de maître Adam Billaut. Mais il y a commencement à tout.

Nous avons signalé, l'an dernier, le début de M. Jacquier dans la carrière. Cette année, il est arrivé de Romorantin avec un nouveau recueil, impatient de le livrer au public. Le volume que nous annonçons contient ses nouvelles fables, réunies avec les premières et précédées d'une dédicace ingénieuse et piquante à M. le comte de Paris. En comparant ces dernières productions à leurs aînées, on y trouve un progrès remarquable et qui justifie les encouragements que nous avons donnés à l'auteur. On voit qu'il est plus maître de son sujet, son style est plus ferme et plus soutenu, ses idées ont plus de justesse et de précision. Il y a plus de fables que l'on peut citer, plus de ces traits que l'on retient pour la force du sens ou le choix de l'expression.

Il faut que M. Jacquier ait longtemps médité sur le genre qu'il cultive ; il faut surtout qu'il ait fait une étude laborieuse et opiniâtre de La Fontaine. Je ne puis expliquer autrement le bonheur singulier avec lequel il reproduit l'allure et la manière, le tour, l'humeur et l'accent malicieux du *bonhomme*. Ce que La Fontaine doit à l'observation libre et variée de la nature, il semble que M. Jacquier le doit à l'étude industrieuse et raffinée de son modèle. Je ne crois pas que l'on ait jamais poussé plus loin l'imitation de l'écrivain le plus inimitable. Non toutefois que l'ingénieux disciple ait surpris les derniers secrets du maître : qui le croirait ? Rien, dans les meilleures pièces de l'un, n'approche de ces beautés étincelantes et de ces traits de génie que l'autre a semés dans ses chefs-d'œuvre. Nous flatterions M. Jacquier en cherchant à l'excuser de n'être pas La Fontaine.

Les fables de M. Jacquier sont bien composées et très artistement tournées. Les sujets sont choisis, les personnages assortis et mis en scène avec un grand tact. Le récit est vif et rapide, le dialogue simple et naturel ; de l'esprit et du trait, autant qu'il en faut pour orner le bon sens et la raison sans tomber dans la charge et le grotesque. La moralité n'est jamais pénible ni contournée ; elle sort naturellement de la fable, et se produit sous une forme concise et laconique.

Quelques taches légères (1) n'empêchent pas que le style de M. Jacquier ne soit, en général, d'une correction et d'une pureté remarquables. A ce mérite, M. Jacquier en réunit un autre plus important : c'est la pureté de la morale que renferment ses fables ; à cet égard, il est irréprochable. C'est là, si

(1) L'auteur s'est particulièrement appliqué à les faire disparaître dans ce nouveau Recueil.

(Note de l'auteur.)

j'ose le dire, un avantage qu'il a sur La Fontaine lui-même
qui, dans quelques-unes de ses fables, a le tort de rappeler un
peu trop l'auteur des *Contes*. Tout n'est pas injuste non plus
dans les reproches que Jean-Jacques adresse au *bonhomme*,
quand il trouve la morale de ses fables ou trop équivoque ou
trop subtile et trop ardue pour être à la portée des enfants qui
les lisent. M. Jacquier est à l'abri de ces reproches ; la morale
de ses fables est claire, simple, à la portée du jeune âge ; le
dénouement répond toujours aux premières idées de la justice
et aux notions élémentaires du bien et du mal. M. Jacquier a
même eu l'heureuse idée de refaire une des fables les plus cé-
lèbres du maître, en la corrigeant d'après les critiques de
l'auteur d'*Émile*. S'il est vrai que la fable du *Renard et du
Corbeau* soit une leçon de basse flatterie, et qu'elle apprenne
moins aux enfants à ne pas laisser tomber le fromage de leur
bec, qu'à le faire tomber du bec d'autrui, M. Jacquier leur en
fera passer l'envie, puisque sa fable leur apprend que ce fromage peut être assaisonné d'arsenic.

Ainsi les fables de M. Jacquier ont deux mérites assez rares
aujourd'hui pour être signalés : la pureté du goût et la pureté
de l'enseignement moral. A ce double titre, elles se recom-
mandent spécialement aux pères de famille et à tous ceux qui
sont chargés d'élever la jeunesse. Aussi ne finirons-nous pas
sans exprimer un vœu que nous inspire notre sincère estime
pour le nouveau fabuliste : nous voudrions que ses œuvres fus-
sent adoptées par l'Université comme livre classique, et con-
sacrées à l'usage des colléges. Ce petit livre, qui doit servir
à l'éducation de l'héritier du trône, serait bien propre à figu-
rer dans l'enseignement public. L'accomplissement de ce vœu
serait la juste récompense d'un excellent esprit et d'un talent
distingué.

LOUIS ALLOURY.

L'auteur n'a pas reproduit, à la suite de cet article des *Débats*,
ceux non moins favorables des autres grands journaux de la capitale,
pour ne point grossir inutilement de pièces justificatives cette édition
toute spéciale.

(Note de l'auteur.)

ORDRE ET SÉRIE DES FABLES.